LES

Ephémères

OU

ESSAI DE POÉSIES,

Par J.-J. C......

DE LA COTE-D'OR.

J'ai senti, j'ai analysé mes sentimeus,
Et je les ai jetés sur le papier.

Dijon,
25 Janvier 1835.

En livrant à l'impression un essai de poésies, je ne prétends pas l'exposer aux regards du public; je ne veux que répondre aux sollicitations de mes amis; et peut-être aussi satisfaire un petit grain de vanité, dont je ne suis pas plus exempt que tout autre. Cependant si cet essai vient à tomber entre les mains du public, je ne serai pas fâché d'apprendre ce que valent à d'autres yeux que les miens, les différentes pièces qui le composent. Qu'on les parcoure, qu'on les critique et qu'on les juge, mais sans aigreur, sans partialité : l'auteur ne mérite pas qu'on se déchaîne contre lui.

Si je me suis trompé, si c'est à tort que j'ai pris pour

quelque chose du génie poétique, la facilité avec laquelle je fais les vers, je ne m'obstinerai point, je m'échapperai de l'illusion qui m'entoure, et je tâcherai de me soumettre au jugement que la critique aura porté sur cette brochure. Quoique à peine entré dans la lice, je ferai comme ces vieux athlètes, dont l'âge avait épuisé les forces, et à qui les spectateurs criaient d'abandonner le combat, de laisser l'arène libre à des champions plus jeunes et plus vigoureux; je me retirerai et je condamnerai à l'oubli les quelques milliers de vers, qui sont tombés de ma plume, ou plutôt de mon cœur, car le sentiment est le seul génie qui m'ait inspiré.

La jeune Israélite.

Approche, aimable enfant, charmante israélite;
Non, tu ne descends pas d'une race proscrite;
Il n'a point été dit: mort à ta nation!
Tu n'es pas un objet de réprobation.

La beauté de ton corps, sa taille enchanteresse,
Ces appas soulevant la gaze qui les presse,
La fraîcheur de ton teint, l'éclat de tes beaux yeux,
La candeur, éclatant sur ton front gracieux,
Ce sourire d'amour sur ta bouche vermeille,
Cette sérénité d'un enfant qui s'éveille,
Tant de grâces, d'attraits, de calme et de douceur,
Dans le Dieu qui t'a faite, ô ma vie, ô mon cœur!
N'annoncent point un Dieu, vengeur impitoyable,
Qui frappe dans ta race une race coupable.
Non, le Dieu qui t'a faite, est un Dieu bienfaisant;
Il t'aime, il te chérit comme sa chère enfant;
Il t'aime, il t'a formée à sa divine image:
Ma jeune israélite est son plus bel ouvrage.

Vils calomniateurs, d'un peuple malheureux,
Dont un peuple tyran dispersa les aïeux,
Que depuis, sous un joug, absurde autant qu'atroce,
Repousse, traîne, opprime un préjugé féroce;

Vils calomniateurs, cessez de rebuter
Un peuple qu'en ami vous devriez traiter ;
Vous êtes plus que lui cette race proscrite,
Que Dieu devrait avoir déjà cent fois maudite,
Vous dont la cruauté, depuis plus de mille ans,
Contre lui tous les jours invente des tourmens.

Mais laissons s'agiter ce monde fanatique ;
Payons par le mépris son mépris tyrannique,
Fuyons vers le Jourdain; au torrent du Cédron ,
Viens nous mêler aux jeux des filles de Sion;
Des palmes du Liban viens couronner nos têtes.
Jérusalem l'annonce : accourons à ses fêtes ;
Accourons, le temps presse, et déjà les lieux saints
Ne peuvent contenir tous les peuples voisins.
Entends-tu retentir sous les nombreux portiques,
Les hymnes d'Israel et les sacrés cantiques?
Et vois-tu, prosternés sur les premiers degrés,

D'Aaron et de Lévi les enfans révérés?
Quel luxe! quel éclat! quelle magnificence!
Du Seigneur par nos chants célébrons la clémence,
Faisons fumer l'encens et répandons des fleurs
Sur l'autel où sa main nous verse ses faveurs.
Mais du temple sublime osons franchir l'enceinte,
Fléchissons le genou devant son arche sainte,
Qu'un hommage pieux s'élève jusqu'au ciel ,
Il n'est point d'autre Dieu que le Dieu d'Israel.

Cependant vient le soir : trève aux sacrés mystères ;
Le prêtre du Seigneur a cessé les prières ,
Et le peuple, à sa voix , comme un nombreux essaim,
S'est déjà dispersé sur les bords du Jourdain.
Mêlons-nous à ses chants, prenons part à sa joie,
Epuisons les plaisirs que le ciel nous envoie.
O filles de Sion, redoublez vos transports ;
Mon amante applaudit à vos joyeux accords.

Au milieu de vos chœurs, dans vos danses pudiques,
Sous l'ombrage odorant de ces saules antiques,
Recevez-nous tous deux, laissez-nous partager
Les dons que le Seigneur veut bien vous ménager.
Chère amante! quels cris, quels concerts d'allégresse!
Vois comme tous les fronts sont rayonnans d'ivresse!
O sommets du Thabor! ò rives du Cédron,
Répétez les accens des vierges de Sion!
Jourdain, jusques au fond de tes grottes humides,
Fais tressaillir les flots de tes ondes limpides!
Et du Dieu d'Israel, par l'écho de tes bords,
Célèbre les bienfaits, la gloire et les trésors.

Mais, hélas! je m'abuse, ò ma charmante amie!
La reine des cités est aujourd'hui sans vie;
Jérusalem n'est plus! les tigres dévorans
Ont souillé ses débris du sang de ses enfans.
Jérusalem n'est plus! ò mortelles alarmes!
Jacob est sans patrie; il gémit dans les larmes!

Il gémit, en voyant ses membres dispersés,
De l'univers entier maudits et repoussés.
Jérusalem n'est plus! ô comble d'infamie!
Jusqu'où va des vainqueurs l'affreuse barbarie!
Non contents de l'avoir, après d'horribles maux,
Fait descendre vivante au milieu des tombeaux;
D'avoir détruit ses murs, son temple, sa puissance,
Spolié les trésors de sa longue opulence,
Et ravi, sans pitié, d'entre ses bras sanglans,
Ce qui pouvait rester de ses tristes enfans!
Ils insultent encore à sa vaste infortune,
Et, calomniateurs d'une gloire importune,
Pour que tant de grandeur ne reparaisse plus,
Après que dans le monde ils vous ont répandus,
De persécutions toujours renouvelées
Ils accablent partout vos tribus mutilées.

O rage, ô cruauté d'un ennemi puissant!
Ils veulent, ô Jacob, épuiser tout ton sang!

Ah! quand reviendroht-ils enfin à la justice?
Tu ne mérites pas cet éternel supplice;
Non; tu n'es point maudit du Dieu de l'univers :
C'est l'homme, l'homme seul qui fait tous tes revers.
Le ciel ne comble pas de grâces, de largesses,
Un peuple qu'ont frappé ses foudres vengeresses,
Un peuple réprouvé, que ses terribles mains
Veulent exterminer du milieu des humains.

Ah ! si vous aviez vu les yeux de mon amante,
Ses appas enivrans, sa beauté ravissante,
Cruels! vous maudiriez l'injuste préjugé,
Qui, d'un peuple innocent, par le ciel protégé,
Malgré l'humanité qui prenait sa défense,
Vous a fait si long-temps tourmenter l'existence !
Mais que dis-je? où m'égare un sentiment trop doux !
Du tigre a-t-on jamais apaisé le courroux?
Jamais le fanatisme, en ses dogmes austères,
A-t-il dit : pardonnez; tous les hommes sont frères?

Non ; … viens, ma bien-aimée, à l'ombre des bosquets,

Mystérieux asile, où respire la paix !

Viens, dans les doux transports d'une brûlante ivresse,

Recevoir les soupirs de ma vive tendresse ;

Que mon cœur, de plaisir palpite sur ton cœur ;

Que j'épuise, en tes bras, la coupe du bonheur.

Oh! viens, ô ma colombe, ô ma charmante amie!

Environs-nous d'amour, de transports et de vie ;

Noyons dans nos baisers des souvenirs amers,

Et, vivant pour nous seuls, oublions l'univers.

Dijon, 21 août 1834.

L'Exilé.

Bons habitans de la terre étrangère,
Où les destins ont relégué mes ans,
Quand nuit et jour je pleure ma misère,
A ma douleur vous demandez des chants !

Ah! pardonnez; je ne sais que redire
Le long récit des maux qui m'ont foulé;
Ma voix s'éteint quand j'accorde ma lyre :
Peut-on chanter, lorsqu'on est exilé?

Jadis, au sein de ma chère patrie,
De mes amis je chantais la gaîté;
Et les accens de mon ame ravie
Ne respiraient que la félicité;
Vous m'auriez vu répandre l'allégresse
Dans les festins où j'étais appelé;
Mais aujourd'hui je languis de tristesse;
Peut-on chanter, lorsqu'on est exilé?

Irai-je ouvrir de nouveau la blessure,
Que par ses traits l'amour fit à mon cœur,

En rappelant la vierge chaste et pure,
Dont les beaux yeux m'enivraient de bonheur?
Ah! pour chanter ses appas et ses charmes,
D'amour, de joie, il faut être comblé....
J'ai de l'amour, mais je vis dans les larmes;
Peut-on chanter, lorsqu'on est exilé?

De quels transports mon ame était saisie,
Quand de baisers je couvrais tes appas,
Et que d'amour, ô ma charmante amie,
Je frémissais, je mourais dans tes bras!
Mais quel espoir..... sur la terre étrangère?
Tout mon bonheur, ah! tout s'est envolé!
Bons habitans, vous voyez ma misère,
Peut-on chanter, lorsqu'on est exilé?

Dijon, 21 août 1834.

A Emma.

LE BONHEUR D'ÊTRE ENSEMBLE.

Quittons les noirs pensers de la mélancolie;
Des affaires du monde abandonnons les soins,
Et, sans nous occuper des terrestres besoins,
Respirons, mon Emma, les parfums de la vie.

Enfin des lieux divers ne nous voient plus gémir ;
Les peines de l'absence ont fait place au plaisir.
Chaque jour, nous pouvons, échangeant nos caresses,
D'un innocent amour goûter les gentillesses ;
Nous serrer, nous presser sur nos cœurs palpitans,
Et dévorer nos fronts de nos baisers brûlans.
Emma ! charmante Emma ! quels transports ! quel délire !
Quel univers j'habite, et quel air je respire !
Tiens, viens, regarde-moi ; quel feu, quelle chaleur
Fait bouillonner mon sang et palpiter mon cœur !
Regarde ; à ton aspect, comme en moi tout s'agite !
Comme dans mes discours ma voix se précipite !
Quel trouble dans mes traits ! quel éclair dans mes yeux !
Emma ! Je n'en puis plus..... Emma ! je suis heureux !

Ah ! je vis donc enfin ; je vis charmante amie !
Et je bois, à longs traits, la coupe de la vie.

2.

Ah! loin d'ici le temps, où seul, abandonné,
Et maudissant les murs où j'étais confiné,
Comme l'oiseau plaintif qui gémit en silence,
Je traînais loin de toi ma pénible existence.
Je vis, ô chère Emma! mon ame dans ce jour,
S'ouvre tout à la joie, au bonheur, à l'amour.
Je ne soupire plus après une ombre vaine ;
Le jour ne s'en va pas sans alléger ma peine ;
Le jour, à tout moment, je puis aller te voir,
Te dire un doux bonjour et près de toi m'asseoir ;
Je puis contre mon sein serrer avec ivresse
Tes appas, palpitans sous ma main qui les presse,
Et cueillir sur ta bouche, ou ton front, ou tes yeux,
Mille baisers brûlans qui m'élèvent aux cieux.

Je suis heureux, Emma; je nage dans la joie,
Tous mes jours sont tissus de saphir et de soie;
Jamais plaisirs plus doux n'ont dilaté mon cœur :
J'ai trouvé, près de toi, la source du bonheur.

Nuits, 27 septembre 1834.

Les charmes d'Emma,

ou

LE SERMENT INDISCRET.

Je l'ai promis, Emma, je n'ai point de regret;
Mais qu'il me coûte cher, ce serment indiscret!
Quoi! je croyais pouvoir, avec mes faibles armes,
Contempler sans danger tes appas et tes charmes?

Je croyais qu'un mortel serait assez heureux,
Pour pouvoir soutenir un regard de tes yeux,
Sans qu'à tes pieds soudain, dans un désordre extrême,
Il tombât de faiblesse et s'oubliât lui-même,
Insensé! je confesse aujourd'hui mon erreur :
Ce serment, je l'ai fait, sans consulter mon cœur;
Je l'ai fait loin de toi, quand mon ame assoupie
Semblait lasse d'amour, de transports et de vie ;
Je l'ai fait loin de toi, quand tes regards brûlans,
Quand tes baisers de feu n'enflammaient point mes sens ;
Je l'ai fait!.... Insensé! quel serment détestable!
Emma! trop chère amante! ô fille incomparable!
Source de mon bonheur! objet de désespoir!
Il faut te fuir.... adieu! je ne puis plus te voir.....
Adieu! tu m'as perdu, quand ta vertu farouche
N'a pas craint d'exiger ce serment de ma bouche;
Tu m'as perdu, cruelle! et c'est à tes rigueurs
Que mon triste avenir devra tous ses malheurs.

Ah! tu le savais bien, trop séduisante amie,
Que, de tant de beautés l'ame toute ravie,

Il me faudrait te fuir et ne plus te revoir,
Si je voulais rester fidèle à mon devoir ;
Tu le savais !.... Adieu ! ma conscience est pure ;
Ton malheureux ami ne sera point parjure.
Tu l'as voulu ; je pars,. ... accepte mes adieux....
Pour moi, peut-être encore il est des jours heureux.....

Que dis-je ? infortuné ! du bonheur ! ah ! chimère !
Mon bonheur, c'était toi, fille cent fois trop chère !
C'était toi, que j'aimais du plus ardent amour,
C'était toi, que mon cœur dévorait nuit et jour !
. . . .
. . . .
Du bonheur ! ah ! s'il faut me séparer de toi,
Emma, mon cœur, ma vie ! il n'en est plus pour moi.....

Ah ! rends-moi mon serment, laisse-moi vivre encore,
Et ne déchire pas un amant qui t'adore.

Par tout ce qui t'est cher, au nom de nos amours,
Permets qu'à t'adorer je consacre mes jours,
Et ne m'en veuille pas, quand, transporté d'ivresse,
Dans tes bras amoureux j'oublierais la sagesse.
Je m'abandonne à toi; protège ma vertu;
Le repos m'est permis : j'ai long-temps combattu.

Beaune, novembre 1833.

Le Prisonnier.

Tu veux Emma, pour adoucir mes peïnes,
Dans mes cachots t'enfouir avec moi ;
Tu veux souffrir et partager mes chaînes,
O mon Emma! quelle amante que toi!

Je ne veux point emprisonner ta vie,
Mais, s'il te plaît, d'alléger mes malheurs,
Chante, mon ange, et que ta voix chérie
Par ses doux sons endorme mes douleurs.

Tes chants jadis, respirant l'allégresse,
Avec transport célébraient nos amours;
Et les accens de ton ame en ivresse
De voluptés enivraient nos beaux jours.
Ils ne sont plus, ces jours dignes d'envie;
La main du sort en a flétri les fleurs.
Chante, mon ange, et que ta voix chérie
Par ses doux sons endorme mes douleurs.

D'un heureux temps, si l'image fidèle
Est pour nos cœurs un baume précieux,

Qu'un chant d'amour à ton ami rappèle
Notre bonheur, nos plaisirs et nos jeux.
Oh! qu'en ces jours mon ame était ravie!
Le souvenir en fait couler mes pleurs.
Chante, mon ange, et que ta voix chérie
Par ses doux sons endorme mes douleurs.

Que ta présence en ces cachots m'est chère!
Charmante Emma, tout change autour de toi :
L'air est plus pur, moins sombre est la lumière,
Ce lieu d'horreur n'inspire plus d'effroi.
Ah! viens souvent, viens souvent, je t'en prie;
En te voyant, j'oublierai mes malheurs.
Chante, mon ange, et que ta voix chérie
Par ses doux sons endorme mes douleurs.

Dijon, 25 septembre 1834.

Adieu, la gloire!

L'homme naît, souffre et meurt : voilà son existence ;
Il passe, il disparaît comme une ombre qui fuit.
J'ai tenté d'échapper à l'éternelle nuit ;
Je meurs, sur l'avenir je suis sans espérance.

Dans les champs de la vie, infortuné soldat,
J'ai combattu long-temps et je tombe sans gloire,
Je tombe, et sur l'airain le crayon de l'histoire,
N'écrira point mon nom, mes faits ni mon combat.

Un rivage inconnu recevra ma poussière
Et le pâtre paisible, en gardant son troupeau,
Foulera, sans le voir, le modeste tombeau,
Que bientôt couvriront la ronce et la bruyère.

Adieu! frères chéris, témoins de mes labeurs,
Mais que je ne vois point à mes momens funèbres;

Adieu! vivez heureux, que vos noms soient célèbres !
La gloire m'aurait fait oublier nos malheurs.

Adieu! l'heure est venue, et loin de vous j'expire....
Je meurs..... je m'associe à vos illustres noms,
De l'immortel laurier qui va parer vos fronts
Puissiez-vous ombrager et mes chants et ma lyre!

Charolles, décembre 1832.

Le Rêve,

ou

LES ILLUSIONS DE L'AMOUR.

O vierge que j'adore, ô ma charmante amie,
Toi dont la douce voix, dans mon ame flétrie,
Cent fois a rappelé le calme et le bonheur,
Viens encore aujourd'hui, viens calmer ma douleur.

C'était pendant la nuit : sur mon lit solitaire,
Je goûtais les douceurs d'un sommeil salutaire,
Lorsque soudain, troublé par un songe fatal,
Je crus te voir sourire au souris d'un rival,
Toucher son front, ses yeux d'une main caressante,
Sur sa bouche presser ta bouche frémissante,
Et bientôt, sans pudeur, l'entourant de tes bras,
A ses brûlans désirs prodiguer tes appas.
Je te vis, et soudain de ma couche funeste,
Invoquant contre toi la colère céleste,
Je me suis élancé, tout couvert de sueur,
Eperdu, frissonnant d'épouvante et d'horreur.
Que suis-je devenu ? durant la nuit entière,
J'ai couru, j'ai crié, j'ai, d'une voix amère,
Maudit tes yeux, mon cœur, les femmes et l'amour,
J'ai conjuré le ciel de me rendre le jour.

Mais le jour a paru, sans adoucir ma peine ;
Un trouble affreux partout me poursuit et m'entraîne.

Je crois te voir encore, au mépris de ta foi,
Au mépris des sermens qui t'unissent à moi,
Je crois te voir, brûlant d'une flamme secrète,
Et de m'avoir trompé lâchement satisfaite,
A d'autres plus heureux, mais moins aimans, moins vrais,
Livrer, abandonner tes coupables attraits.

Chère amie, ô mon ame, éloigne toute crainte;
Ce rêve, réponds-moi sans détour et sans feinte,
Ce rêve annonce-t-il quelque prochain malheur?
N'est-ce qu'une chimère, un délire, une erreur?
Réponds; je ne crains rien, tu peux être sincère;
Je veux même, je veux que ta bouche m'éclaire,
Quelque soit le malheur qui doit fondre sur moi,
Il me sera moins dur de l'apprendre de toi.

Charolles, janvier 1834.

DIJON,
IMPRIMERIE DE Mme Vve BRUGNOT.

www.ingramcontent.com/pod-product-compliance
Lightning Source LLC
Chambersburg PA
CBHW061608180626
46818CB00005B/1996